Clifford COLORADO

EL MONTÓN DE HOJAS

Adaptado por Josephine Page
Ilustrado por Jim Durk

**Basado en la serie de libros de Scholastic:
"Clifford el gran perro colorado",
escritos por Norman Bridwell**

Adaptación del guión de televisión
"Leaf of Absence" de Scott Guy.

SCHOLASTIC INC.

Nueva York   Toronto   Londres   Auckland   Sydney
México   Nueva Delhi   Hong Kong

Originally published in English as *The Big Leaf Pile*.
Translated by Ana Suárez.

No part of this publication may be reproduced, or stored in a retrieval system, or transmitted in any form or by any means, electronic, mechanical, photocopying, recording, or otherwise, without written permission of the publisher. For information regarding permission, write to Scholastic Inc., Attention: Permissions Department, 555 Broadway, New York, NY 10012.

ISBN 0-439-25040-4

10 9 8 7 6 5 4 3 2 1   01 02 03 04 05

Printed in the U.S.A.   24
First Scholastic Spanish printing, September 2001

Hacía un hermoso día de otoño
en Birdwell Island.

Cleo, Clifford y T-Bone estaban
haciendo montañas de hojas.

Cleo hizo un montón

de hojas rojas, amarillas,

anaranjadas, doradas y marrones.

Contó: uno,

dos y tres…

y saltó al montón.

Clifford hizo un montón

de hojas rojas, amarillas,

anaranjadas, doradas y marrones.

Contó: uno,

dos y tres…

y saltó al montón.

T-Bone no había terminado

su montón. Sólo tenía hojas

marrones. Las hojas marrones

hacen mucho ruido.

—Necesito más hojas —dijo T-Bone.

—Yo te ayudo —le dijo Clifford.

—Y yo también —le dijo Cleo.

Y así lo hicieron.

¡Ahora sí estaba listo su montón!
Pero T-Bone tenía que irse a casa
porque era la hora de su paseo.

—Yo te cuido las hojas

—le dijo Clifford—. Te prometo

que conmigo estarán a salvo.

—¡Qué buen amigo eres!

—le dijo T-Bone y se marchó

trotando alegremente.

Clifford observó el montón
de hojas. Lo observó una
y otra vez.

—Este montón de hojas es increíble

—dijo—. Me encantaría oír

el ruido que hace.

—Podríamos saltar con cuidado

para que no se desbarate —dijo Cleo.

—Sí, a lo mejor —dijo Clifford.

—Entonces saltemos —lo animó Cleo.

Las hojas salieron volando
y un fuerte viento las llevó
por todas partes.

—¡Ay, no! —se lamentó Clifford.

Clifford y Cleo salieron a
perseguir las hojas de T-Bone.
Encontraron una hoja
en una veleta.

Había otra debajo

del camión de correos.

Clifford y Cleo encontraron otra

hoja en un columpio del parque.

Había otra más en
unas papas fritas.

Entre los dos encontraron todas

las hojas que se habían volado.

—Este montón de hojas es increíble

—dijo Clifford.

—Me encantaría oír

el ruido que hace —dijo Cleo.

—Podríamos saltar

—dijo Clifford.

—Pero no lo haremos

—dijeron los dos a la vez.

Cuando T-Bone regresó,

su montón de hojas era todavía

más grande y mejor que antes.

—Gracias por cuidarme la hojas —le dijo a Clifford—. Quiero que tú seas el primero en saltar.

—Tenemos que decirte la verdad:

Ya saltamos en tu montón y todas

las hojas se volaron —le dijo Clifford—.

Pero Cleo y yo las encontramos todas.

Lo siento, T-Bone.

—Gracias por decirme la verdad
—le dijo T-Bone—. Aun así, quiero
que seas el primero en saltar.

Entonces Clifford saltó

encima del montón. ¡YUPI!

Después saltaron Cleo y T-Bone.

Y los tres amigos siguieron disfrutando de aquel hermoso día de otoño.

¿Te acuerdas?

Encierra en un círculo la respuesta correcta.

1. Los personajes del cuento son:
    a. Clifford, Nero y T-Bone.
    b. Clifford, Cleo y T-Bone.
    c. Clifford, Nero y T-Shirt.

2. Las hojas del montón de T-Bone eran:
    a. rojas, amarillas, doradas y marrones.
    b. todas amarillas.
    c. todas marrones.

¿Qué sucedió primero?
¿Qué sucedió después?
¿Qué sucedió al final?
Escribe 1, 2 ó 3 en el espacio correspondiente de cada oración.

T-Bone se tenía que ir a su casa.   _____

T-Bone hizo un montón
de hojas marrones.   _____

Clifford y Cleo encontraron una hoja
debajo del camión de correos.   _____

Soluciones: